DISNEY · PIXAR

Le Monde de Nemo

DISNEY
HACHETTE ÉDITION

A collaboré à cet ouvrage : Véronique de Naurois pour le texte.

Marin, un poisson-clown, nage avec entrain le long
de la Grande Barrière de Corail. Il est ravi d'avoir choisi
ce lieu pour installer sa famille et attend avec impatience
l'éclosion des œufs et la naissance de ses enfants.
« Au moins, ici, nos petits pourront s'amuser en liberté ! »
Corail, sa compagne, est moins enthousiaste. L'endroit est
magnifique, c'est vrai, mais subitement désert !
Marin remarque à son tour qu'il n'y a plus personne.
« Où sont passés les autres habitants ? » se demande-t-il.

Marin voit trop tard le barracuda ! Il se précipite pour secourir Corail, mais l'immense bête argentée l'assomme d'un coup de queue. À son réveil, tout a disparu ; il ne reste plus qu'un seul œuf, enfoui dans le sable. Marin le serre entre ses nageoires.

« Là… là… tout va bien ! Papa est là, mon petit Nemo ! Je te promets qu'il ne t'arrivera plus jamais rien ! »

Nemo a grandi, il est devenu un petit poisson très vif qui, ce matin-là, tourbillonne autour de son père.

«Papa, Papa, vite, réveille-toi, c'est l'heure de partir!»

Marin se réveille péniblement.

«Hein? Quoi? Laisse-moi encore dormir cinq minutes!

– Mais Papa, proteste Nemo, c'est mon premier jour d'école, je ne veux pas être en retard!»

Inquiet pour son fils, Marin se joint à contrecœur
aux autres parents d'élèves. L'océan est si dangereux…
Mais Nemo se pose tant de questions sur les choses !
Il fait la connaissance de ses petits camarades et
de Monsieur Raie, le maître d'école, qui arrive en chantant.
« Ah, voilà ma classe ! s'écrie-t-il joyeusement. Allez,
les explorateurs, tous sur mon dos ! »

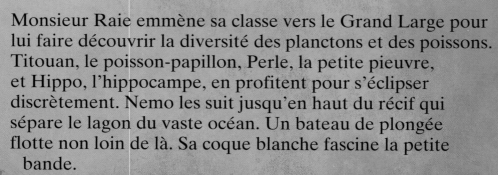

Monsieur Raie emmène sa classe vers le Grand Large pour
lui faire découvrir la diversité des planctons et des poissons.
Titouan, le poisson-papillon, Perle, la petite pieuvre,
et Hippo, l'hippocampe, en profitent pour s'éclipser
discrètement. Nemo les suit jusqu'en haut du récif qui
sépare le lagon du vaste océan. Un bateau de plongée
flotte non loin de là. Sa coque blanche fascine la petite
bande.

« Ça s'appelle une "berque" ! » crâne Hippo, et pour
faire le malin, il s'aventure en direction du bateau.

Hippo n'est pas très courageux. Il fait vite demi-tour sous les moqueries de ses camarades. Marin débouche à ce moment, furieux de voir son fils si près du Grand Large : « Tu sais bien que tu ne dois pas t'éloigner ! lui crie-t-il. Avec ta nageoire abîmée, tu ne te déplaces pas bien ! » Nemo est vexé. Il a honte de se faire traiter comme un bébé. « Je te déteste ! » souffle-t-il à son père. Et voyant que Marin discute avec Monsieur Raie, il repart imprudemment vers le bateau.

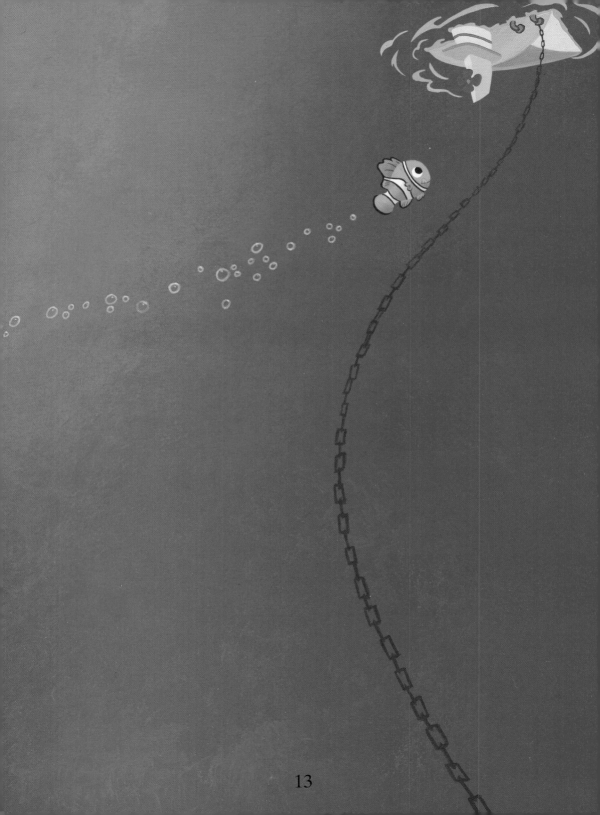

Marin ordonne à son fils de le rejoindre. Mais pour provoquer son père, Nemo frôle la coque du bateau avec sa nageoire.

« Ouaouh, il y est arrivé ! » s'extasie son copain Titouan. Nemo est si fier de l'exploit qu'il ne voit pas le plongeur surgir brusquement derrière lui.

Il est aussitôt pris dans un nuage de bulles…

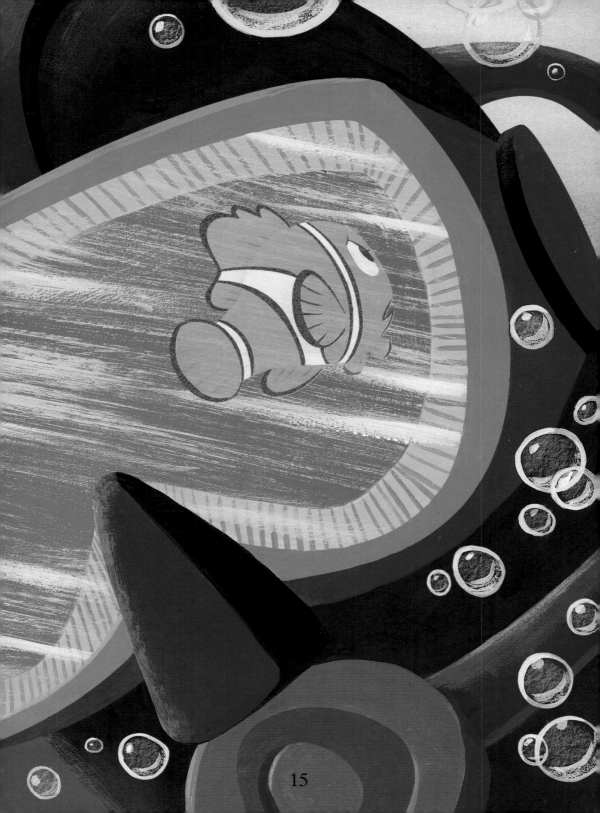

«Nemo ! Nemo ! Non ! »
Impuissant, Marin assiste à l'enlèvement de son fils.
L'homme-grenouille emporte Nemo à la surface dans
un petit sac. Marin se lance à sa poursuite quand un second
plongeur lui barre la route en l'aveuglant avec le flash
de son appareil photo. Il pousse un cri de désespoir…

Le bateau démarre en trombe sous les yeux effarés
de Marin. Le pauvre poisson-clown lutte de toutes ses forces
dans les remous du moteur, mais l'embarcation s'éloigne
à grande vitesse, laissant derrière elle un sillon d'écume.
Tandis que sa coque rebondit sur les vagues, Marin voit
le masque d'un des plongeurs passer par-dessus bord…

Marin a rencontré Dory qui lui a proposé de l'aider
à rechercher son fils, mais il la trouve bizarre. Tantôt
elle se retourne pour le regarder avec méfiance, tantôt
elle accélère comme si elle voulait le semer. Marin finit
par lui demander de s'expliquer. Dory s'excuse,
embarrassée :
« Je souffre de petits trous de mémoire… J'oublie tout
ce que je dis… mais ne t'inquiète pas, tu peux
compter sur moi ! »

Marin et Dory ont dû accepter la petite soirée à laquelle
Bruce, un requin, les a conviés. Le squale les entraîne dans
l'épave d'un sous-marin où les attendent deux autres
requins, impatients de commencer. Bruce annonce le thème
de la réunion : «Comment devenir végétarien quand on est
mangeur de poisson». C'est au tour de Marin de s'exprimer.
Il se présente et, levant la tête, il aperçoit le masque du
plongeur, suspendu à un bout de ferraille…

Marin s'empare tout de suite de l'objet et raconte
aux requins la tragique disparition de son fils. Bruce éclate
en sanglots.
« Moi, je n'ai jamais connu mon père ! » gémit-il.
Tandis que les autres tentent de le consoler,
le poisson-clown repère des inscriptions sur le masque.
Dory, intriguée, essaie de lui prendre l'objet. Les deux
poissons se disputent. Dans la bagarre, Dory reçoit un bon
coup sur le nez et se met à saigner…

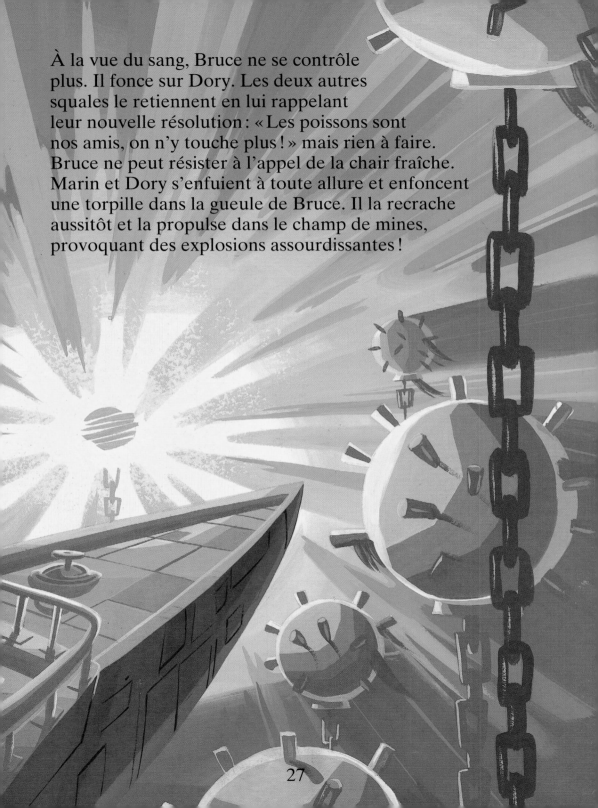

À la vue du sang, Bruce ne se contrôle
plus. Il fonce sur Dory. Les deux autres
squales le retiennent en lui rappelant
leur nouvelle résolution : « Les poissons sont
nos amis, on n'y touche plus ! » mais rien à faire.
Bruce ne peut résister à l'appel de la chair fraîche.
Marin et Dory s'enfuient à toute allure et enfoncent
une torpille dans la gueule de Bruce. Il la recrache
aussitôt et la propulse dans le champ de mines,
provoquant des explosions assourdissantes !

Pendant ce temps, loin de son père, le petit Nemo se réveille
dans l'aquarium d'un dentiste. Il découvre les lieux par
la vitre. Des chuchotements se font entendre dans son dos
et des ombres se glissent près de lui. Nemo sursaute en
les voyant apparaître en pleine lumière.
« Bonjour ! lui lance une crevette. Je m'appelle Jacques ! »

– Tu te trouves dans l'aquarium d'un dentiste, le docteur
Sherman », poursuivent ses nouveaux compagnons.
Un pélican se pose sur le rebord de la fenêtre. C'est leur
ami l'Amiral :
« Il y a un nouveau, ici !
– Exact, répond Gargouille en attrapant des bulles,
il a été capturé sur la Barrière de Corail ! »

Soudain, la bande retient son souffle : Nemo
vient d'être aspiré par le filtre de l'aquarium.
Affolé, il appelle à l'aide. Gill, grand poisson noir,
blanc et jaune, chef de la bande, s'approche :
« Tu peux t'en sortir tout seul ! dit-il avec fermeté.
– Je suis handicapé de la nageoire droite ! » gémit Nemo.
Gill pivote et lui présente la sienne, à moitié coupée.
Encouragé, Nemo parvient à se dégager.

L'incident a épuisé Nemo. Pourtant, d'autres épreuves l'attendent. Il est réveillé par Jacques en pleine nuit pour une cérémonie initiatique. Gill le guette au sommet du volcan Wannahockalouguie :
« Si tu veux faire partie de la bande des Siphonnés du Bocal, tu dois franchir le Cercle de feu ! ».
Tandis que les poissons de l'aquarium entonnent une lente mélopée, Nemo ferme les yeux et traverse le mur de bulles comme une fusée…

Nemo franchit l'obstacle avec succès. Dorénavant,
il s'appellera Sushi. Après l'avoir félicité, Gill lui fait
une terrible confidence :
« Dans deux jours, le dentiste va t'offrir en cadeau à Darla,
sa nièce, pour son anniversaire. C'est une tueuse de
poissons ! Il faut donc absolument mettre au point un plan
d'évasion. Tu vois ce filtre ? Tu es assez petit pour passer
dans le tube. Voilà comment nous allons procéder. »

Pendant ce temps, dans l'océan, Dory tente de déchiffrer les inscriptions que Marin a repérées sur le masque du plongeur. Mais celui-ci a glissé vers les bas-fonds. Dory hésite, il fait trop sombre. Son attention est attirée par une jolie boule lumineuse. Mais, horreur ! La lumière appartient à l'antenne d'une monstrueuse lotte de mer ! Marin l'attrape prestement et la dirige vers Dory pour l'éclairer : « Vas-y, lis… dépêche-toi ! » hurle-t-il.

« P. Sherman, 42, Wallaby Way, Sydney ».
Marin et Dory savent désormais où aller. Un banc
de poissons-lunes leur indique la bonne direction.
« Nagez de ce côté. Vous rejoindrez le Courant
est-australien dans environ trois miles.
Là, vous arriverez à un canyon… Traversez-le,
et ne passez surtout pas au-dessus ! »

Marin a préféré ne pas suivre la recommandation
des poissons-lunes. Le canyon lui paraissait si effrayant
qu'il a convaincu Dory de nager dans les eaux claires.
Le poisson-clown file en tête, quand un mur de méduses
lui barre la route.
« On ne bouge plus ! s'écrie-t-il.
– Mais si, regarde, le convainc Dory en rebondissant
sur la tête des méduses. C'est comme un jeu !
– D'accord ! le premier arrivé a gagné ! » lance son ami.

Le lendemain matin, dans l'aquarium, Gill met
en œuvre son plan d'évasion. En bloquant le filtre,
l'eau deviendra si sale que le dentiste, pour tout
nettoyer, devra placer les poissons dans des sacs en
plastique près de la fenêtre. Ensuite, ils pourront
sauter dans le port ! Gill envoie Nemo bloquer
la roue. Ce dernier remplit sa mission et coince
le moteur avec un caillou. Mais à l'instant où
il revient par le tube, le caillou glisse…
Nemo est sauvé de justesse par ses amis.

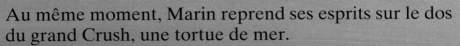

Au même moment, Marin reprend ses esprits sur le dos
du grand Crush, une tortue de mer.
« Eh bien, tu l'as échappé belle ! Bienvenue dans le Courant
est-australien ! dit Crush.
– Le Courant est-australien ? On a réussi ! s'écrie Marin.
Mais où est Dory ?
– La Petite Bleue ? Regarde, elle est juste en-dessous ! »
Marin se penche et il aperçoit son amie sur
la carapace d'une autre tortue.

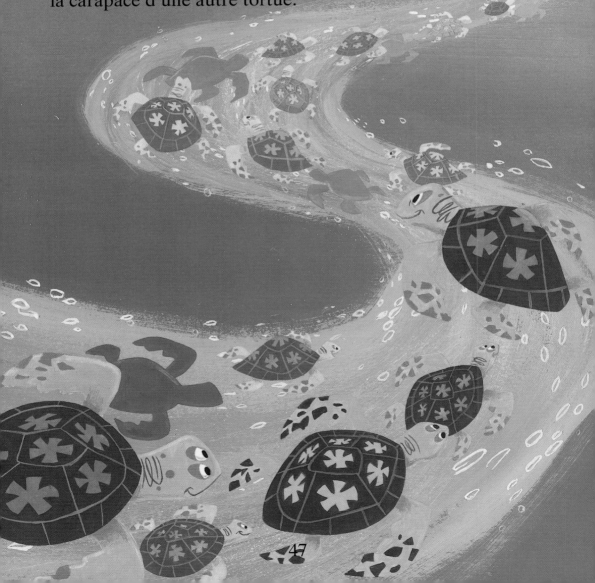

Grâce aux tortues, l'histoire de Marin et de son fils
a été transmise jusqu'au port de Sydney où deux
pélicans pêchent leur déjeuner. L'un d'eux réagit
immédiatement au nom de Nemo. Et pour cause :
c'est l'Amiral ! Il s'envole aussitôt et va se poser
sur la fenêtre, près de l'aquarium.
« Eh ! les Siphonnés, j'ai des nouvelles pour Nemo.
Son père se bat contre l'océan tout entier
pour le retrouver ! »

Au récit des aventures de son père, Nemo se sent tout
ragaillardi. Il remonte vers la surface, place le caillou dans
le volant de rotation, arrête le mécanisme, puis disparaît.
À l'extérieur du tube, Gill s'affole :
« Sushi, tout va bien ? Dis quelque chose… Tu m'entends ? »
Nemo surgit derrière lui, fier d'avoir réussi sa mission.
« Mais oui, je t'entends ! »

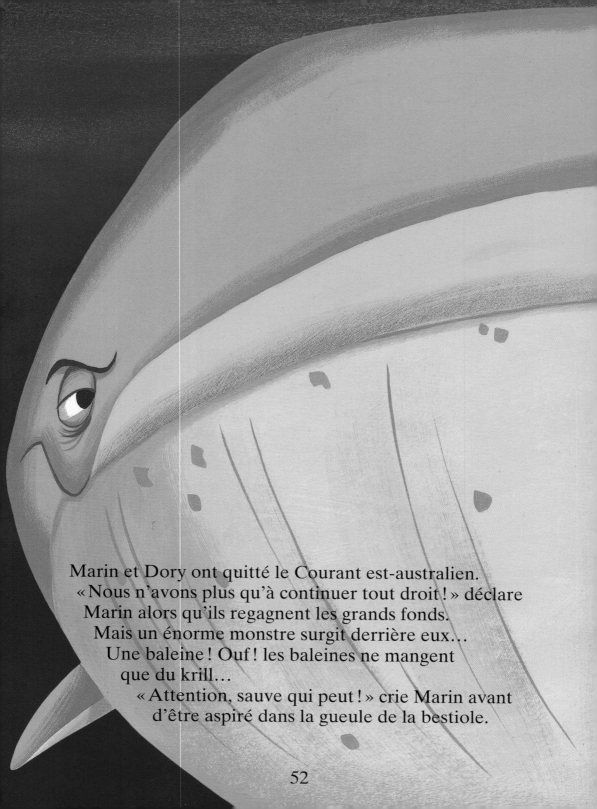

Marin et Dory ont quitté le Courant est-australien.
« Nous n'avons plus qu'à continuer tout droit ! » déclare
Marin alors qu'ils regagnent les grands fonds.
Mais un énorme monstre surgit derrière eux…
Une baleine ! Ouf ! les baleines ne mangent
que du krill…
« Attention, sauve qui peut ! » crie Marin avant
d'être aspiré dans la gueule de la bestiole.

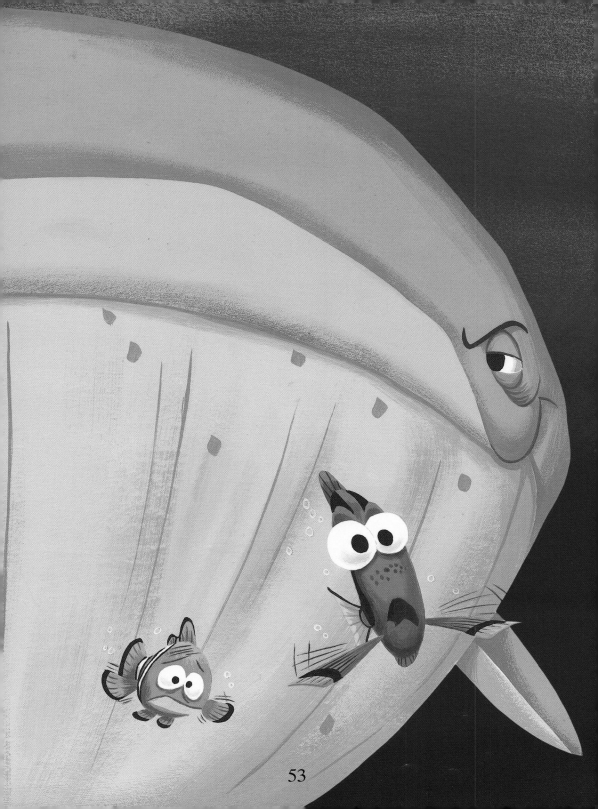

Dans l'aquarium, l'eau est trouble… Gill est ravi.
C'est exactement ce qu'il voulait. Les vitres sont couvertes
d'algues et de mousse. À l'intérieur, on ne voit plus rien.
Le dentiste pousse des cris horrifiés en voyant le désastre :
« Barbara, hurle-t-il à sa secrétaire, annulez mes rendez-
vous de la matinée, il faut que cet aquarium soit propre
pour la venue de Darla ! »

Marin et Dory ont bien cru qu'ils allaient être digérés
par la baleine.
Mais ils se démènent si vigoureusement dans sa bouche
que le monstre chatouillé, agacé, hoquette, puis, finalement,
fait surface en expulsant l'eau par ses évents. Marin et Dory
hurlent de joie en découvrant qu'ils sont dans le port
de Sydney.

58

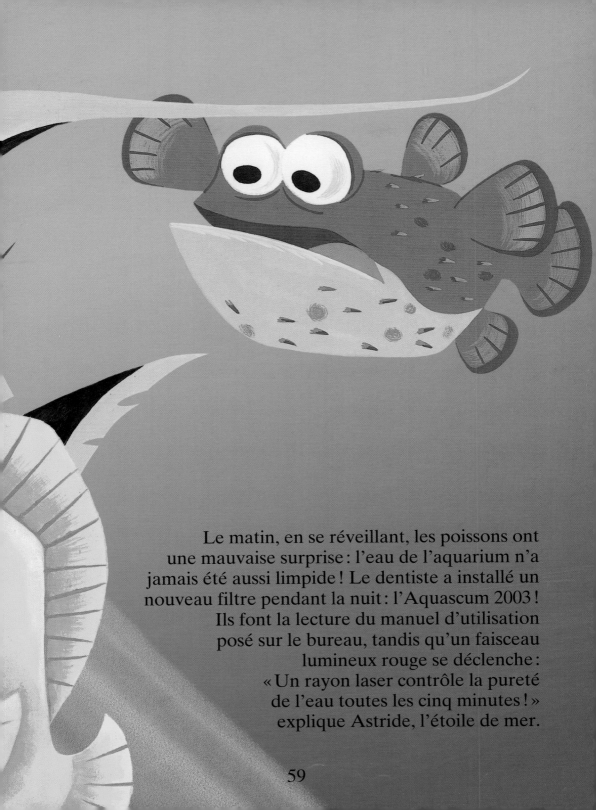

Le matin, en se réveillant, les poissons ont
une mauvaise surprise : l'eau de l'aquarium n'a
jamais été aussi limpide ! Le dentiste a installé un
nouveau filtre pendant la nuit : l'Aquascum 2003 !
Ils font la lecture du manuel d'utilisation
posé sur le bureau, tandis qu'un faisceau
lumineux rouge se déclenche :
« Un rayon laser contrôle la pureté
de l'eau toutes les cinq minutes ! »
explique Astride, l'étoile de mer.

Pendant ce temps, dans le port de Sydney, Marin et Dory
sont sur le point de servir de déjeuner à une nuée
de mouettes. L'Amiral s'approche d'eux.
«Je cherche mon fils, Nemo! crie Marin.
– Nemo, le petit poisson-clown?
s'exclame l'Amiral. Vite, sautez dans
mon bec, je vous emmène jusqu'à lui!»
Il se débarrasse habilement
des mouettes qui vont se planter
dans une voile.

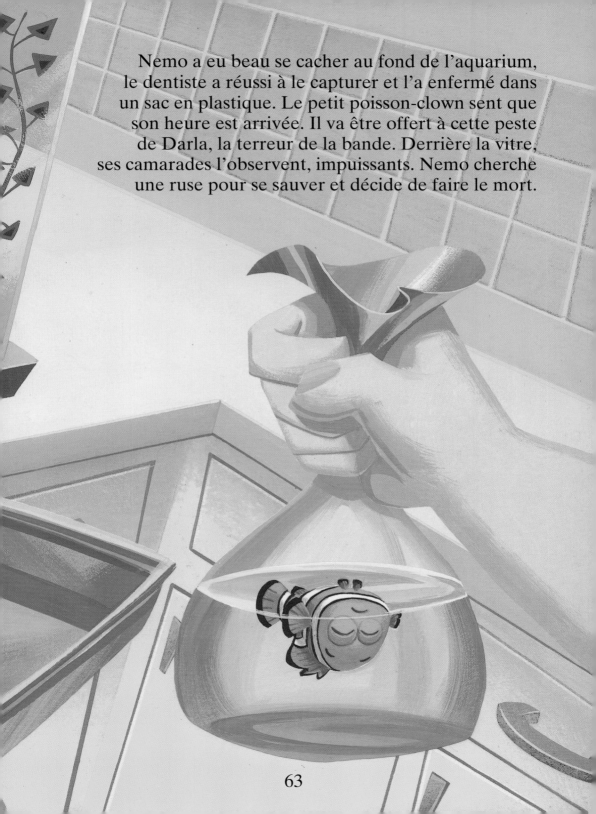

Nemo a eu beau se cacher au fond de l'aquarium,
le dentiste a réussi à le capturer et l'a enfermé dans
un sac en plastique. Le petit poisson-clown sent que
son heure est arrivée. Il va être offert à cette peste
de Darla, la terreur de la bande. Derrière la vitre,
ses camarades l'observent, impuissants. Nemo cherche
une ruse pour se sauver et décide de faire le mort.

Darla vient d'arriver.
Elle réclame son poisson
d'anniversaire. Le dentiste court le chercher, mais
lorsqu'il saisit le sac, il s'aperçoit que Nemo flotte
le ventre en l'air.
« Oh, non ! gémit-il, pauvre petit gars ! »
Il dissimule le sac derrière son dos. Nemo en profite
pour rassurer les Siphonnés du Bocal d'un rapide clin d'œil.

Darla est furieuse. Elle a repéré son cadeau.
Mais dans le sac, le poisson est immobile.
« Pourquoi est-ce qu'il dort ? grogne-t-elle.
Allez, réveille-toi ! »

Les hurlements de la petite fille affolent l'Amiral qui vient de se poser sur la fenêtre. Par son bec entrouvert, Marin aperçoit son fils dans le sac qui vient de se percer : « Oh ! Nemo, il est mort ! » s'écrie-t-il, horrifié.

Pour réveiller son poisson, Darla secoue le sac de toutes ses forces. Nemo tombe, suffocant, sur le miroir dentaire du docteur. Les Siphonnés retiennent leur souffle. Mais Gill intervient. Profitant des colonnes de bulles de l'aquarium, il bondit sur la tête de Darla :
« Aaaah ! J'ai une bête toute gluante dans les cheveux ! » hurle-t-elle.
Gill saute sur l'extrémité du miroir et voilà Nemo propulsé dans le lavabo-crachoir. Il disparaît dans les canalisations.

70

De la fenêtre, Marin n'a pas pu voir que son fils était vivant.
Nemo disparu, il n'a plus qu'à rentrer chez lui. L'Amiral
reprend son vol jusqu'à une balise où il le dépose avec
Dory. Elle ne sait que dire pour le consoler.
« Ne m'en veux pas, Dory. J'ai besoin d'être seul !
s'excuse-t-il. Je dois oublier maintenant, tu comprends ? »

À peine Marin a-t-il tourné le dos que Nemo surgit par un trou dans le tuyau d'évacuation des eaux usées de Sydney. Ouf ! enfin l'océan, la liberté ! Deux crabes en quête de chair fraîche se précipitent pour l'attraper en faisant claquer leurs pinces. Nemo leur échappe.

Dans les eaux du port, Nemo entend quelqu'un
pleurer. C'est Dory, qui ne se souvient plus de ce qu'elle fait
là, ni où elle va ! Nemo se présente, mais Dory ne réagit pas.
C'est seulement lorsqu'elle lit « Sydney » sur le tuyau
d'évacuation qu'elle s'anime.
« Nemo ? Mais ton père te croit mort ! s'exclame-t-elle.
– Mon père ? s'étonne Nemo. Vous le connaissez ?
– Bien sûr ! Il est parti par là ! Vite, allons-y ! »

Nemo aperçoit Marin au milieu d'un banc de mérous.
Un filet de pêche est sur le point de les capturer.
« Papa, attention ! »
Marin n'a que le temps de se dégager, mais tandis qu'il
étreint son fils, Dory se fait prendre. Le filet remonte
lentement. Nemo a une idée : il se glisse entre les mailles
et encourage les mérous :
« Nagez à contresens ! Tirez sur le filet ! »

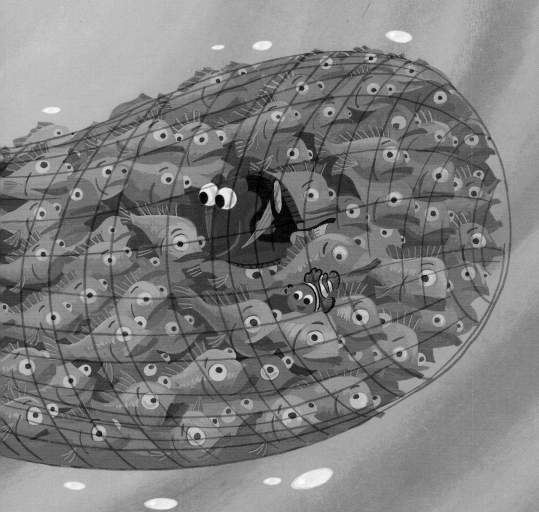

La manœuvre a fonctionné. Le filet a fini par lâcher et Nemo a été libéré en même temps que les mérous. Depuis, il a repris sa place dans la classe de Monsieur Raie. Comme chaque matin, Marin l'accompagne. Le petit poisson-clown retrouve ses camarades. Il y a même un nouveau, Squiz, un bébé tortue. Bruce le requin est là, lui aussi, avec Enclume et Chumy.

« On se voit la semaine prochaine, n'est-ce pas ? lance-t-il à Dory. Et pas d'inquiétude, "les poissons sont nos amis, on n'y touche plus !" »

La bande des Siphonnés du Bocal a fini, elle aussi, par s'évader quand l'Aquascum 2003 est tombé en panne ! Les voilà dans le port de Sydney, flottant au fil de l'eau dans des sacs en plastique. Dès qu'il y aura un peu de houle, le plastique devrait se déchirer. Et alors, à eux la liberté !

Imprimé en France - Produit complet Pollina - n° L92111
Dépôt légal : Décembre 2003 - 46.29.2310.02/4 - ISBN 2-230.01663.6
Loi n° 49-956 du 16 juillet 1949 sur les publications destinées à la jeunesse.